U0058973

名流詩叢53

鳥巢
Nests of Birds

他們化作風
他們變成雲
開啟天空之路
明知自己的命運是飛高
鳥類築巢不是爲留住

〔韓國〕梁琴姬（Yang, Geum-Hee）◎著
李魁賢（Lee Kuei-shien）◎譯

推薦序
濟州，詩的風景線

李魁賢
台灣國家文藝獎得主

記得1985年9月去首爾參加亞洲詩人會議，先順路遊濟州島，島上有山有水，漢拏山為韓國第一高峰，我去攀登城山日出峰，到海邊參觀海女潛海採珠，留下深刻印象。不料38年後，拙詩〈城山日出峰〉蒙濟州國際大學特聘教授梁琴姬韓譯，發表在她的網路專欄【梁琴姬教授世界文學行】，因而得以結識梁教授，並欣賞她的精彩詩作。

梁教授是濟州人，長住濟州，與濟州血脈相連，自然把濟州描繪出詩的風景線，讓我讀她的詩，感受如同重遊濟州。梁琴姬詩集《鳥巢》中描寫山，當然不能忽略代表性的漢拏山：

在我眺望漢拏山時，

你凝視裸山峰，

我們互相為新生命賦予智慧，

展示彼此更大的成長潛力。

互相鼓勵，破殼而出，而成長。

——〈眺望漢拏山和裸山峰〉

眺望山的雄偉，移情同感，激勵潛力，就「破殼而出」。詩人從山的高聳，比擬人生「不斷破殼而出」的成長，內心充滿「快樂和自信」。從韓國第一高峰的漢拏山1,947公尺，對比於喜馬拉雅山脈的裸山峰8,126公尺，有一山比一山高的態勢，但山不在高低，端在對人生啟示發揮潛力成長的效用。

梁琴姬詩集《鳥巢》描寫海，遠多於山，畢竟濟州島四面環海，海給人生命活潑力量來源的啟發，孕育出無窮希望：

我早上步行去水月峰
伴著海浪的聲音。

露草黎明時沾滿露水，
羞怯綻放好像跟海在戀愛，
在海水的鹹味中
不會放棄渴望

——〈遮歸海岸〉

而更特別的是，對靠海維生的島上漁民來說，海更是萬物賴以滋生的場域，提供無窮盡的資源：

> 海不能養育，
> 群山不能養育，
> 什麼東西不長在山脊上，
> 但可在海底谷滋生。
>
> ——〈在海灘上觀察生命〉

尤其是對離於島的著墨較多，離於島是離馬羅島149公里的海下暗礁，傳說是漁民捕魚喪生後居留的地方，所謂魂歸離恨天，應是往生長住之處，在韓國濟州母親們心中，「永恆的離於島／這已經成為星

星」，是「海女下水作業，／紅色夕陽／眼睛被他們的蚵刀刺傷」的地方：

> 咬住嘴唇的母親們
> 對島嶼的懷念
> 神祕離於島！
> 神祕離於島！
>
> ——〈母親們的離於島〉

離於島在濟州人心目中，兼具絕望與希望之地、渴望去玩但永遠無法活著到達、眼睛看不見卻又虛無飄渺在海平面的地方。離於島又牽涉到韓中的國際領土爭端，中國主張離於島屬於中國，名稱是蘇岩礁。

〈神祕離於島〉是一首風行於濟州婦女的歌，海女出海時要唱，所以常在濟州母親們心中迴蕩。歌詞詠唱著海女的命運：「神祕離於島，神祕離於島，神祕離於島／去哪裡，划船去哪裡／全部上船到大海深處／母親生下我的地方／她知道潛水是我的命運嗎？」

兼具絕望與希望這種雙重性，是普通人民最難以取捨的無奈，有時只能聽天由命，人永遠無法超越命運的極限，只能為亡者寄福，祈求心安，願能同心相連。而勇敢的濟州婦女，幾乎時時刻刻在心中掙扎：

當風起、浪湧時，
濟州婦女擔心出海去的
丈夫和兒子，
望著白色浪濤拍打岩石。

——〈何時能看到離於島〉

然而只要有所作為，通過公權力的設計與運作，在某種程度上，可以改善生態，有助於民生和生靈安全，成為令人安慰和嚮往的聖地：

尋找離於島的人
跨海超越傳說，

終於建立起離於島海洋科學基地，
綻放濟州婦女願望的蓮花底座，
矗立在一望無際的海洋上。

——〈何時能看到離於島〉

由於韓國政府在離於島建立海洋科學基地，「要安撫濟州婦女的怨恨」，讓人民「夢見離於島／……／變成美麗、令人神往的島嶼」，完全扭轉虛無飄渺的印象，變成通往太平洋的門戶，接觸海洋國際的通口：

風從離於島吹來

搖曳漢拏山麓下的樹葉。

說前往太平洋，前往海洋吧，

去統治離於島的外海

然後繁榮和富足就會到來。

——〈風從離於島吹來〉

此外，從梁琴姬詩集《鳥巢》還可讀到濟州島上許許多多富有詩意的風景線。像描寫天地淵瀑布：

天地淵瀑布垂直下墜，
水滴在暴風雨水中碎散，
不會彼此推開，而是互相擁抱。
——〈就像你的淚水落在我肩上〉

天地淵瀑布位於濟州島西歸浦市天地洞，共有三層瀑布從絕壁岩洞，伴著天雷轟鳴聲而下的白色水柱飛流入海，非常壯觀。第一層瀑布的涼水從洞頂湧現，落入眾神之池，再由此30公尺高度衝下河中，流向大海。但詩人不描寫景觀，而是呈現詩眼所見、心靈所感受到的太虛妙境：

雲流動，變成雨滴，

正像所有愛情都以淚水開始，

當人民感到最艱苦孤獨的時候，

就像你的淚水落在我肩上，

水滴融化溫度，刷新大地。

——〈就像你的淚水落在我肩上〉

1950年6月爆發的韓戰，歷經三年多，造成朝鮮半島分裂成韓國與北朝鮮，已經持續70年，當年內戰引起國際介入，造成許多家破人亡的悲劇，即使在21新世紀的韓國詩人心中，仍有揮之不去的家族和民族傷痛。但詩人經由詩，把悲痛化為力量，扭轉黑暗成為光明的燈塔：

白鹿在點火的白鹿潭上，
取出山茶花的紅芯，
不管你有心無心，
啊，無數失落的心靈找不到路，
願你們來生成為濟州真正花朵，
成為照亮每一個角落和縫隙的燈塔，
願你們成為照亮家鄉群山和溪流的燈塔。

——〈來到和平燈塔〉

畢竟，詩成為安慰的花朵，是心靈和平的希望。正如在詩集同題的短詩〈鳥巢〉最末詩行所表現的，詩令人有超越現實性的嚮往，不會固持既有的安樂，充滿追求飛往高處的光明期待：

明知自己的命運是飛高

鳥類築巢不是為留住

2023.07.15

目次

風不問路
The Wind doesn't Ask the Way

無論多少時間往逝
風永遠不會老
即使風沒有嘴巴
還是會說應該要說的話
即使風沒有眼睛
永遠不會迷失方向

風面對有稜有角的臉時
風總是吹向別處
不會造成刮擦或傷害
風永不停留
即使臉皮柔軟

何時我才能在地球彎曲路上奔跑

無需問方向

幸福帳戶
Happy Account

幸福帳戶

那是在天堂

無需記住帳戶密碼

甚至在夜裡

閃亮星光填滿幸福帳戶

所以，不用擔心破產

即使是陰天

相信雲確實擁有幸福帳戶

在烏雲背後

在你看到蔚藍天空時

那是白天

你把愛轉移到幸福帳戶

提款隨時可行

越幸福

利率越高

一株紫薇
A Crape Myrtle

你在灰心喪氣時，

我稱呼你紫薇，

希望你生機蓬勃，

如花樹百日紅，

一株紫薇呀。

命名正如你的

外貌，因炎熱而枯萎，

說不定會恢復美妙芬芳

重現玫瑰色彩，

歷一百天。

你可以萌發裝扮花蕾，

我稱呼你

一株紫薇，

假裝我不知道你的名字。

黃色毛衣
The Yellow Jumper

冬天的黃色毛衣，

很久以前收到的禮物，

我遺失了

事後非常不捨

顯示對丟失的東西

有多麼喜歡。

我把純粹的明亮色彩

鋪在灰色人行道上

放在哪裡啦？

我那雞仔絨毛的日子

是如此記憶清晰，

那是春天時

遺失，就這樣永遠留在心裡。

試論土壤
Essay on Soil

土壤是萬物之母

擁有肚子來結出種籽

賦予溫暖擁抱加以培育

歡喜觀看嫩芽茁長

扶持隨風搖曳的樹木

讓根深深扎入體內

不論五穀雜草

螞蟻和大象

一視同仁對待

無論壞人還是好人

都踩地球背上，走遠遠的路

和平與暴戾，戰爭與愛

在地上人人平等

一切眾生

在土壤上糊成一團

當萬物化為塵土躺下來

緊緊溫暖擁抱大地

我稱你為「朋友樹」
I call you "Beotnamu"

你是記憶之樹

我還在春天少女時

第一次稱呼你的名字

即使我稱櫻花為「朋友樹」

你總是對我微笑

春天在薄霧中搖晃

我在沒有朋友也無處可去的日子

走進你鋪展的繁花蔭影

經過散花雨落的風景

有小孩伸手承接花如雨下

有人展開畫架繪畫春天

有人彈吉他無需觀眾

有老婦把春綠撒在報紙上

有人依靠長凳在等誰

在你撒下花瓣時

互相滲透的風景多美呀

在風景中與你交友的人物

像櫻花瓣飄舞，總有一天全部四散。

鳥巢
Nests of Birds

鳥類不會為自己
但會為年輕輩
建造住家
在灌木叢或樹洞中築巢
彼此互相取暖

憑藉這種力量
他們化作風
他們變成雲
開啟天空之路

明知自己的命運是飛高
鳥類築巢不是為留住

短瞬間，大幸福
Small Moments, Great Happiness

一如往常，在短瞬間，

我感到大幸福。

當早晨陽光照到我臉上，

似乎世間所有煩惱都消失啦。

在春雨挑撥指尖那一瞬間

我的手掌溼啦，

或者我在和風中沿河邊漫步時

我的臉被晚霞觸及，

在溫和微風中，

當河水發出潺潺聲音，

就在我聽到的那一瞬間

自己的心噗噗跳，

即使在這些短瞬間裡，

有大幸福在。

來到和平燈塔
Come to the Lighthouse of Peace

因為今天沒有任何特別活動

父親離家時，揮揮手，說不用擔心

如果外面發生什麼可疑事情

我們很快就會回來，緊握雙手告別

祖父、祖母

出去喝酒的叔叔，

比春天陽光還要亮麗的姐姐！

還有像棉花般鬆軟的弟弟！

四月山茶花喲

全部來不及綻放就枯萎啦！

四月又屆臨，今年一如往常

但「無生肖年」的風吹動

恢復百花盛開的季節
你帶著一把泥土和風流浪到哪裡去啦？

那日子嚮往的名字
幾十年來
我們急切呼喚，
但沒有回應，
海浪知道為什麼嗎？
雲看到我嗎？

天堂喲！
大地喲！
他們離家已經幾十年啦

安頓心靈回家的那一天何時到來？

太陽像昨天一樣升起，

水像昨天一樣流動，

心靈喲，你們怎麼不知道如何回家呢？

夜幕降臨時，據說離家的星星也會回家，

黎明到來時，據說鳥類全部會從睡夢中醒來

用力拍打翅膀，飛向早晨的天空。

你們在何處的天空徜徉？

土地還是同樣的土地，

而海還是同樣的海。

請回來，

請回來！

真理的烽火燃起，

我們在東門外等你們

真理之燈已經點亮，

父親、母親、叔叔、祖父、祖母

請走如今燈火通明的這道路，

像以前一樣緊緊擁抱我們

讓我們瘋狂跳舞，甚至大聲尖叫。

白鹿在點火的白鹿潭*上，

取出山茶花的紅芯，

不管你有心無心，

啊，無數失落的心靈找不到路，

願你們來生成為濟州真正花朵，

成為照亮每一個角落和縫隙的燈塔，

願你們成為照亮家鄉群山和溪流的燈塔。

*白鹿潭，是濟州島漢拏山頂火山口的天然湖泊。

就像你的淚水落在我肩上
Like your Tears Falling on My Shoulders

天地淵瀑布*垂直下墜，

水滴在暴風雨水中碎散，

不會彼此推開，而是互相擁抱。

就像是永遠無法兌現的諾言，

在加速的空隙中，

即使水珠在火山岩上碎裂，

不惜帶有無數曲線的本身軀體。

越是空動，化成一體，加速越快。

即使時差不同的碎散水分

在瀑布下方匯聚合一，

忘掉正在下墜的恐懼，水流向海洋

互相擁抱，沒有界限。

風逐波浪，掀翻海水時，

水互相擁抱，不會分開。

從陽光親撫的海洋，升到天空，

互相維繫在一起，形成水滴。

雲流動，變成雨滴，

正像所有愛情都以淚水開始，

當人民感到最艱苦孤獨的時候，

就像你的淚水落在我肩上，

水滴融化溫度，刷新大地。

＊天地淵瀑布，位於南韓濟州島第二大城西歸浦市，是主要旅遊景點之一。

常春藤葉的飛行
Flight of the Ivy Leaf

群聚牆上，沐浴在晚霞中，

絳紅色的翅膀翩翩起舞。

在崎嶇的懸崖上，在巢穴裡，

自豪誇耀夏天的綠色翅膀。

感謝矗立在那邊的牆，

熱情使陽光更顯得燦爛。

好像在織布，翅膀貼在牆上，

越來越渴望來一次飛行。

不料這是最後飛行，

在暴風雨中強化翅膀。

那些鳥類，

生活在圍牆版圖內，

亟需飛得更遠。

常春藤葉升舉到不同的世界，

輕輕飄落到泥土，

經狂喜飛行達到生命巔峰。

何時能看到離於島
When One Can See Ieodo Island

當風起、浪湧時，

濟州婦女擔心出海去的

丈夫和兒子，

望著白色浪濤拍打岩石。

過幾天、幾個月後

濟州婦女絕對要去離於島。

離於島呀，離於島

一座富足舒適的島嶼

必定是沿海南郡路線中途的某地。

濟州婦女相信這座島嶼。

無痛苦或飢餓的島嶼

滿地是蓮花，

必定是在遠離海洋的某地，

一座可以讓丈夫和兒子脫離痛苦的島嶼。

水下珊瑚礁在海面下四至六公尺

從掀高巨浪中可以看見

島上漁民會看到瀕臨死亡

這座島嶼給濟州婦女帶來安慰。

尋找離於島的人

跨海超越傳說，

終於建立起離於島海洋科學基地，

綻放濟州婦女願望的蓮花底座，

矗立在一望無際的海洋上。

春雨中的日子
A Day in the Spring Rain

四月春天日子裡，

下雨就像所愛的人前來。

去年冬天花市買來的三色菫花

種植在花壇裡，

沉浸於陌生的天空中。

我蹲坐下來

不用傘，旁邊有花。

我試圖變成花，被春雨淋溼。

突然，我想起來

在此瞬間，與花一起淋雨，

可能是最後一次。

我覺得好像可以忍受雨淋
不使用雨傘。
為什麼面對「最後」語詞
我們就會變得更加寬容？

雨滴從黃色花瓣彈落，
花瓣自行搖晃
像麻雀在水坑洗澡。
花型太陽從綠色世界上升
那些花真正知道
這個世界沒有永恆的東西。
兀自表現美麗和芳香
時時刻刻，沒有休止。

冬季池塘素描
Sketch of a Winter Pond

醉心於秋日天空，

眼光在空氣中逡巡

不料秋天離去，原地凍僵。

戴著一副朦朧的冰眼鏡，

是誰在酷寒寂靜的池塘裡

投入那麼多石頭？

隨著飛落下來的每塊岩石，

忍受皮膚乾裂的痛苦

號哭抓住石頭重力。

在冰和體溫之間，

石頭變得更加堅硬

而那些挖掘冰冷池塘表面的人

被困在極地冰島上

在浮冰和岩石陰影下

心還記得，儘管寒冷

抱住一塊岩石生活的人亦然。

熬過冬天的樹綻開絢麗花朵
The Splendid Flowers of a Tree That Endured Winter

冬天的樹以笨拙的樹枝忍受寒風，

黑色樹幹和樹枝堅強挺立，凝視天空。

春天來時，華美白櫻花盛開，

花瓣在風中飛舞，把春天裝扮成堅毅的果實。

眺望漢拏山和裸山峰
Looking at Halla Mountain and Nanga Parbat's peak

在我們踏出母親懷抱的那一刻
舉足進入世界，
我們理解到生命就是要衝破外殼。

當我們品嚐未知世界的新鮮時，
在眺望山同時感受到世界高度而成長。

不管是哪座山，
我們一步一步走向巔峰，
克服任何障礙，獲得新生。

即使我們面對失望、創傷、悲傷和痛苦，
我們重新崛起，尋求生活樂趣，
發現新生活的真相。

在我眺望漢拏山時，
你凝視裸山峰，
我們互相為新生命賦予智慧，
展示彼此更大的成長潛力。
互相鼓勵，破殼而出，而成長。

人生就是不斷破殼而出，

我們睜眼看新世界時，會發現快樂和自信。

我們彼此綻放友誼花朵，

不斷尋找生命裡新的可能性。

眺望山獲得重生

意味發現我們內在的自我，

在克服生命中一切困難時成長。

＊漢拏山，是位於韓國濟州島中部漢拏山國立公園的休火山，為韓國第一高峰，海拔1,947公尺，山頂上有約25,000年前火山爆發形成直徑500公尺的火山湖白鹿潭；裸山峰，即南迦帕爾巴特峰（Nanga Parbat's Peak），喜馬拉雅山脈的一座山，在巴基斯坦北部，高8,126公尺，為世界第九高峰。

閱讀詩集
Reading Poetry Book

有人寄來一本詩集，

某人衷心的果實。

咬食蘊含詩人生命的詩集，

諸多果實大小不一，顏色各異。

詩人閱讀世界而成熟詩果，

你咬一口，流出濃汁。

不斷變化的大自然本質，

穿上詩的語言，

很美，

即使在嚴寒中，

雪花綻放，世界因詩而溫暖

苦、甜、辣、澀，
集世界所有口味的果實。

從天空摘取詩的語言，
找到穿過樹林之路，
在海中捕捉詩的語言，
找到詩的語言，像內山的野參，
而在星光中解讀詩人曲折的人生道路。

聆聽群鳥鳴唱與風聲
詩治癒傷口，給予安慰和快樂，
詩人的新鮮果實成熟啦。

詩人為詩注入生命

引導幸福之路，

喚醒意識，睜開智慧之眼。

最後，我們咬食詩人的果實。

一杯韓國雨前綠茶
A cup of Korea Woojeon Green Tea

兩株茶樹雙手敬奉天空

大地之心滲透全身

雙手捧雨

泡雨

擁抱雲彩，泡雲彩

擁抱陽光的溫暖

吹動風的氣息

苦、酸、澀、甜

浸一下再煮一下

今日高尚泡茶

用雙手舉起

一滴熱水中一瓣的長度

悲傷熱飲中雨的長度

沉入胸口

啜飲風的路徑和地球的陰影

手拿小茶杯，彼此面對

深邃的眼睛

熱泡

創造崇高的安慰

光的語言，遇見深邃浩瀚的圖案

湧出的道路
Road of Spring up

我一直以為「湧出」是生命的語言
在萌芽、開花之前，
我以為那是限制用途手冊。

我以為山鴿在啄食乾草葉
正在開闢「湧出」道路，
河邊應召的溫暖陽光
正在融化寒冷大地。

使用入場券穿越時間裂縫，
我獲悉有動作
朝向目前看不見的人。

我現在明白這種渴望消弭焦慮
孤獨開啟狹窄空間
為了新生成長，就像心跳。

所有這些激烈事件聚在一起
滋養我們最柔弱部分，開啟生命之門。
在花開的那一時刻，
動作變成美。

我50歲時學到生命只能繼續，
只要彼此心中迸發情感，就可以連結。

房屋
House

我與你毫無保持距離，感覺真好
當我靠向你時，你默默把肩膀給我
當悲傷的水壩潰堤時
你給我溫暖靠背，感覺真好

你耐心忍受等候時間
不催我，等我

在不眠之夜，你走進黑暗中
靜靜觀察我的表情
然後給我蓋上毯子再離開

你公開舊時記憶，作為情感交流
把溫暖呼吸吐入庭院
你對待純淨早晨視同天賜水晶
在天鼎中培養火氣

感覺有人像你這樣真好
感覺好像我還活著，因為我像你

風從離於島吹來
The Wind Blowing from Ieodo

濟州島風很大，

風從離於島吹來

我在離於島海洋世界號船上注意到。

要安撫濟州婦女的怨恨

離於島風吹著

我在致力於海洋科學基地的

海洋世界號船上

感覺全身面對著風。

戊子年*的四月風

從歷史的場域吹來，

山茶花飄落的悲哀
已被愛和團結所克服。

即使風吹
還有洶湧浪濤，
夢見離於島
我們的祖先改變島的風貌
把覆蓋石頭、風、婦女的渴望
變成美麗、令人神往的島嶼。

支撐海洋科學基地的鐵柱
像航海到離於島的

濟州漁民粗壯的前臂，
高聳的上層建築有如蓮花。

離於島是通往太平洋的門戶
沒有通行，但海洋在召喚我們。

風從離於島吹來
搖曳漢拏山麓下的樹葉。
說前往太平洋，前往海洋吧，
去統治離於島的外海
然後繁榮和富足就會到來。

*戊子年，即2008年。

遮歸海岸
Jagunaepogu

我早上步行去水月峰*
伴著海浪的聲音。

露草黎明時沾滿露水，
羞怯綻放好像跟海在戀愛，
在海水的鹹味中
不會放棄渴望

要和內心芬芳的
好人在一起，
在閃亮水垢的
夜間入口處，

我明白

就像從船舶角落

流出來的鐵鏽，

我有些過錯理應已在

某人胸口造成某些傷害。

對想要繫纜停泊的

善心人士

我轉身，建立渴望之錨。

＊水月峰，位於濟州島最西邊高山的山峰，形成於14,000多年前，火熔岩碰到冰涼海水形成的火山體。遮歸島（亦稱竹島）浮於北面海邊，海岸線是黑色玄武岩懸崖。

母親們的離於島
Ieodo of Mothers

濟州海不眠

在嚮往

抬頭眺望遠方

你可以看到離於島

永恆的離於島

這已經成為星星

在母親們心中

島！

島！

島！

緬懷舊日

沉浸入水中！

距馬羅島149公里海上

海女下水作業，

紅色夕陽

眼睛被她們的蚵刀刺傷，

嚮往島嶼

母親們的迴聲

離，於，島！

離，於，島！

咬住嘴唇的母親們

對島嶼的懷念

神秘離於島[*]！

神秘離於島！

*〈神秘離於島〉，濟州海女出海前唱的歌名，詞曰：「神秘離於島，神秘離於島，神秘離於島／去哪裡，划船去哪裡／全部上船到大海深處／母親生下我的地方／她知道潛水是我的命運嗎？」

在海灘上觀察生命
Life Watched on Beach

海不能養育，

群山不能養育，

什麼東西不長在山脊上，

但可在海底谷滋生。

山麓下有廟，

群鳥從廟後院飛起，

達到無言卻自律，

為了像鳥飛，僧人繼續遁世。

為生命的雄偉線條

老松樹做見證。

紅日抱怨，

生命正跨過厭世

半沉入泛紅地平線下方。

生命的崇高輪迴，

又歡樂又痛苦。

我們現在的處境

將來會在其他地方出現。

春天女神夢
Dream of the Goddess of Spring

泊瑟芬，宙斯和狄蜜特的女兒呀，

什麼顏色構成春天女神夢？

黃色連翹和紫羅蘭之間，

櫻花和紫色花朵綻放。

在憂鬱石頭旁樹下，

獨自午後用不同的語言說話。

雲在徘徊遊蕩，

在天空中成形又消失。

千年過去了，又過了千年，

在草地上冥想，一個春天女神夢。

沙粒不知疲倦，滾來滾去，

夢想旋轉一次就創造新世界。

春風衝闖樹背，

寂靜午後，春天以禁用的語言說話。

風的美學
Aesthetics of Wind

人在照顧花園，

助其茁長的是大自然吹來的風。

風纏繞杜松樹的圓腰，遺留芬芳。

帶著松香貫穿各個樹盆和松針。

花香以謙遜姿態，

穿越牆壁。

開花鑽過縫隙充入空中時，

風帶著花朵的微笑。

溫暖陽光下，笑聲引起共鳴。

連雨滴的溫柔接觸都可以感受到。

風，停息日屈指可數，

找到無路的通徑，就繼續向前。

越南的花
Flowers in Vietnam

抱著漢拏山的能量
飛離濟州機場

經仁川機場
飛行五小時抵達越南
已經像九重葛*一樣紮根的
韓國人金貞淑**來接機

想起留在家鄉的父母
妳眼睛泛紅
這是韓國人血脈相連的故鄉同胞
沙龍玫瑰花開，原因是遇見故鄉人

尋找新的里程碑

在陌生土地上播下希望種籽

不要忘記韓國人豪氣

要成為照亮茫茫大海的燈塔

在異國他鄉紮根好像是命運

接收燦爛陽光

九重葛花正在盛開

＊九重葛是越南人非常喜愛的花，在越南到處可見。

＊＊越南當地韓國導遊。

幸福地址

Address of Happiness

路從語言的盡頭開始
路的盡頭就是字詞的地址

如果你循愛的字詞
就有字詞屋充滿溫暖
在幸福的人長住處
有關懷的字詞屋

識別字詞地址很簡單
循內心的路途
任何人沒有里程碑也可以找到
只要循溫度走

那些習慣幸福的人

思考超越貪婪

有時會習慣遺失幸福地址

所以不要迷路

保持心中的光明

即使你無端遺失地址

如果你想再找到路

只要循幸福人的語言

和風呀

不要放棄溫暖

要擁抱在路盡頭迎接你的燦爛笑容

你心中為詩點燃蠟燭
Light a Candle for the Poetry in Your Mind

我和某人喝過下午茶
他生活在心中為詩點燃燭。

為確保火焰永不熄滅，
詩人，蠟燭守護者，
即使有些事讓他不安，
他會用蠟燭的柔光去應付，
壓抑無意義的想法，
蠟燭永不熄滅，
他用語十分謹慎。

就像奧運火炬手一樣，

為保持詩的火焰生生不息，

連接心與心靈，

我必須奠定詩的墊腳石。

泰姬陵，愛的力量備忘錄
Taj Mahal, A Reminder of the Power of Love

泰姬陵矗立在阿格拉
亞穆納河畔，做為愛的見證
是莫臥兒皇帝沙賈汗
為心愛的妻子瑪哈所建造。

他悲傷的淚水流入聖河裡
在月光照耀下，更加明亮。
英雄的歷史起起落落
但對瑪哈的愛永遠不會消失。

她的美麗和優雅永存，

泰姬陵活在參觀過的人心中，

是愛的力量備忘錄。

鳥在天空飛翔
The Bird Flying in the Sky

正當窗外深藍色森林，

將單隻鳥放飛空中，

牠即展開強壯翅膀設定航向。

朝向空曠天空，不對任何人講，

航行路程穿越過天空。

在數不清的振翅中，

天空刻劃出單一軌跡。

對準備遠飛的鳥類來說

細枝是休息處。

這些鳥群無畏漫長前程。

一旦起飛

鳥即必須橫越天空

把風中羽毛吸入翅膀縫隙內

以防止自己跌落。

和平在你心思裡
Peace is in Your Mind

大家心裡和平，

就像雪從天而降，

籠罩大家的心思，

讓世界美麗。

為什麼有人拿槍

表達其憤怒？

願和平籠罩世界，

像雪一樣。

和平無所不在，

在天上地上，

在花草樹木中，

在我們心中。

烏鴉之舞
Dance of the Crows

每年，成千上萬烏鴉來到韓國躲避冬寒。

已在中國東北黑龍江省和俄羅斯阿穆爾地區度過夏天。

穿過蔚山市中心的太和江沿岸竹林，是烏鴉在韓國的冬季避難所。

每當夕陽西下，太和江竹林附近天空，烏鴉起舞形成一片漆黑。

日出前，烏鴉從竹林飛出，四散尋找食物，

太陽西下時，竹林裡鳥聲吵雜，等跳完感恩之舞後，才安頓下來過夜。

明知牠們總有一天會離開，

牠們沒有遺憾，羽毛輕如空氣。

鳥類
Birds

彩虹很美，

因為你抓不到彩虹。

如果雲沒有釋出鳥羽，

自由就會受到壓制。

如果鳥不能展翅飛翔，

自由的溫暖氣息就取代，

我們會聽到鳥悲鳴。

鳥不再用純粹聲音唱出希望之歌。

陽光不再躲在烏雲後面，不再露出燦爛面容，

彩虹也不再展現天堂之美。

越過天空的途徑是通往自由的美麗大門，

風在此吹進鳥的羽毛內，

只有當劇烈的飛行開始時，

明亮的自由之海與和平之海就此展開。

回憶香榭麗舍大道
Memories of the Champs-Élysées

當我閉上眼睛時，就看到那裡，
香榭麗舍大道，夢想在此戶外散步。
從凱旋門到協和廣場，
梧桐樹和栗樹，景色可以媲美。

遊客的心靈，找到自己的至福，
在愛情甜蜜親吻的細語中。
光榮的戰士，精神永存，
英雄居住的極樂世界。

雖然他們的輝煌隨歲月流逝而褪色，

勝利的呼喊依然迴響、清晰可聞。

他們的遺蹟矗立在香榭麗舍大道上，

正在搖動群樹，

他們勝利的風震動群樹。

荷蘭風

The Wind of the Netherlands

在荷蘭，風車之國如此宏偉，

此地鬱金香盛開，鬱金香拓銷，

梵谷大膽繪出傑作，

我學習一種永恆持有之美。

風的翅膀從未單獨轉動，

因為若缺一翅，雙翅都會被吹走。

奔馳的強風，擁抱的微風，

雙方都需要彼此來填補空間。

互相平衡，就像陰陽調和，
並保持世界水準，水平懸掛。
使尖角能夠被輕輕磨平，
並且可以舒緩肩膀的疲勞。

我們絕不能失去一翅，
我們必須保持堅強，
為風的翅膀忍受痛苦閃亮光芒，
愈明亮，愈能保守祕密。

關於詩人
About Poet

女詩人梁琴姬（Yang, Geum-Hee），1967年出生於韓國濟州。已出版詩集《幸福帳戶》、《傳說與存在之離於島》，和散文集《幸福伴侶》。曾任離於島文學會首任會長、《濟州新聞》主編、離於島研究會研究員。曾任濟州國立大學濟州海洋大中心研究員、濟州國際大學特聘教授。現任《新濟州日報》社論主筆、濟州國立大學社會科學研究所特約研究員、韓國筆會濟州地區委員會副會長、濟州韓國統一研究學會理事、韓國倫理協會理事。曾獲四項文學獎。

關於譯者
About Translator

曾任國家文化藝術基金會董事長，現任世界詩人運動組織亞洲副會長。出版詩集25冊，詩選集3冊，文集35冊，外譯詩集32冊，漢譯詩集74冊和文集13冊，編選各種語文詩選41冊，共223冊，並著有回憶錄《人生拼圖》、《我的新世紀詩路》和《詩無所不至》。外文詩集已有英文、蒙古文、羅馬尼亞文、俄文、西班牙文、法文、韓文、孟加拉文、阿爾巴尼亞文、土耳其文、馬其頓文、德文、塞爾維亞文、阿拉伯文、印地文等譯本。獲吳濁流文學獎新詩獎、巫永福評論獎、榮後台灣詩獎、賴和文學獎、行政院文化獎、吳三連獎新詩獎、真理大學台灣文學家牛津獎、台灣國家文藝獎，以及多項國際文學獎。

語言文學類　PG3032　名流詩叢53

鳥巢
Nests of Birds

原　　著／梁琴姬（Yang, Geum-Hee）
譯　　者／李魁賢（Lee Kuei-shien）
責任編輯／吳霽恆
圖文排版／許絜瑀
封面設計／張家碩

發 行 人／宋政坤
法律顧問／毛國樑　律師
出版發行／秀威資訊科技股份有限公司
114台北市內湖區瑞光路76巷65號1樓
電話：+886-2-2796-3638　傳真：+886-2-2796-1377
http://www.showwe.com.tw
劃撥帳號／19563868　戶名：秀威資訊科技股份有限公司
讀者服務信箱：service@showwe.com.tw
展售門市／國家書店（松江門市）
104台北市中山區松江路209號1樓
電話：+886-2-2518-0207　傳真：+886-2-2518-0778
網路訂購／秀威網路書店：https://store.showwe.tw
國家網路書店：https://www.govbooks.com.tw

2024年3月　BOD一版
定價：220元

讀者回函卡

國家圖書館出版品預行編目

鳥巢 / 梁琴姬著 ; 李魁賢譯.-- 一版. -- 臺北市 : 秀威資訊科技股份有限公司, 2024.03
面； 公分. -- (語言文學類 ; PG3032)(名流詩叢 ; 53)
BOD版
譯自 : Nests of Birds
ISBN 978-626-7346-70-9(平裝)

862.51 113001711